KB113189

60조각의 비가

60조각의 비가

이선영 시집

민음의 시 254

민음사

꽃나무는제가생각하는꽃나무에게갈수없소……나는막
달아났소……

감히 이상의 꽃나무는 아니더라도,
영, 갈 수 없을 것만 같기에
통, 갈 것 같은 낌새가 없기에
막, 달아나고 싶으다, 내 詩로부터 멀리멀리
내 詩까지.

2019년 2월
이선영

차 례

2부 눈과 귀는 면방사우

3부 쓰고 싸는, 펜의 이중생활

1부
비가

감나무 비가

저 나무가 감나무였구나, 감이 무르익었구나, 알아챈 날
이 있다면
　그날은 감나무를 바라볼 날이 얼마 남지 않은 가을의
하루였으리라
　어느새 감나무 아래 감을 몽땅 따서 집집마다 골고루
나누시는
　아래층 할머니의 바지런한 손길이 고마우면서도 야속한
건 왜?

　감을 따자마자 감나무는 황급히 감나무이기를 멈춘다
　감이 열리는 나무임을 알려 주던 감이 떨어지기 무섭게
　감나무는 앙상하지만 단단한 가지의 밀도 속으로 감겨
들어 간다
　감은 퍼뜨리는 열매가 아니라
　감나무를 짙은 흑연의 침묵 속으로 잠겨 들게 하는 열매
였음을
　감나무는 알고도 붉은 심장 켜 단감을 빚어낸 것일까

　오래 달고 있으면 제 몸에서 썩어 들어갈 감이라
　가지 늘어질 새 없이 빼앗기고도 한마디 말 못하는

한 그루 감나무여, 그닥 눈썰미 있지는 않지만

이 가을 그대가 달았던 감의 마지막 관객이 있었다면 위
로가 될 텐가

그대의 감이 빚은 빛나는 순간에

그대의 감을 써는 쓸쓸함을 함께 맛봐야 했던

이불 비가

밤마다 쓰러지는 것을
일으키고 끌어올리고 또 잡아 세운다
일으키는 창유리의 아침이 눈부시지 않으면
물렁뼈로 엎디고 말리

허기처럼 질긴 습관과 밥알처럼 끈덕진 관성이
뼈대를 세우고
호두알 깨뜨리는 책임과 밤껍질 발라내는 의무가
근육을 굴리나
때로는 널푸른 공중 그네를 매달고 싶었으리

쓰러지는 밤이 우물 속처럼 아득하더라도
무릎 당겨 세운 침대가 되는 꿈은 꾸지 말기를
어느 날 하늘을 날게 된 양탄자는
태생이 배를 깐 바닥이었으니
바닥을 타는 법을 터득해야
바람의 행간을 타고 날 수 있으리

피아노 비가

어쩌면 저 검은 피아노처럼
모두가 같은 답을 향하여 가고 있는 것은 아니리라
정해진 답은 묻는 자만의 바람이며
하나의 답이란 편의를 위한 것일 뿐
가능한 여러 개의 답이 때로 제 덫을 삼키며 토해 낸 여
우구슬일지라도

저 검은 피아노가 울린 것은 오래전 일이다
입 다문 피아노는 그저 소리의 여운을 간직한
칠흑의 순수로 눈앞을 채운다
처음 피아노가 집에 들어오던 날에는
묵음의 뒷날을 알려 하지 않았다
울려야 할 미래가 남아 있는 것이라면
피아노의 긴 묵묵부답도 오답은 아닐 것이다
제 속에서 끊임없이 반추되는 울림들을 그는 듣고 있지
않을 텐가

검은 피아노가 여전히 피아노라 불리는 것은 오답이 아
니다

그의 다문 입을 궁금해하지 않았고 건반의 울림에 귀
기울이려 하지 않았을 뿐
피아노를 버리거나 버리지 않는 것은 남겨진 선택이지만
버려지는 이유도 하릴없는 피아노이기 때문이고
버려지지 않는 이유도 끝끝내 피아노이기 때문이리라

지금 변변히 울리지 못한다고 해서
울렸던 그의 지난날조차 잊혀져야 한다는 말이 답이 될
수는 없다
모든 피아노가 갈채의 무대를 꿈꾸는 것만은 아니듯이
제 소리만큼의 울림과 결절을 껴안으며 피아노가 된다
저 검다란 피아노가 먼지를 벗 삼아 내려앉은 자리는
그가 찾았거나 아직 찾고 있는 중인
온갖 답들을 향한 질문으로 뜨거울 게다

주머니 비가

주머니가 없다
펜과 폰과 키를 맡겨 놓을 주머니가
열려 있지 않다 난간이다
들어가려던 것들이 맥없이 미끄러진다
곁방에 끼어 들어가거나 새 둥지라도 빌려 와야 할까
움켜쥔 손도 안쓰럽고 거머잡힌 것들도 진땀이 난다

주머니가 한 양재기 달렸으면 좋겠다
들어가고 감춰지는 주머니가 한 접시쯤 나왔으면 좋겠다
무겁고 게으른 몸을 잠깐씩 맡겨 둘 주머니,
돌보지 않으면 픽픽 쓰러지는 펜과 기척만 요란한 폰과
빠지면 맥없는 키를 잠시 받아 줄 주머니,
모래알 움켜쥔 사랑과 혼자 떠안고 가는 쓸쓸함과 쥐고
펴는 고단함을 담담히 털어 넣을
그런 주머니가 칸칸이 열렸으면 좋겠다

주머니가 없는 두 손이 종일 허둥댄다
주머니도 군살이라며 바짝 깎아지른 네 옆에 깎아지르
게 선 내 마음이

주머니도 되지 않으면서 막 주머니가 될 것처럼 그어 놓
은 절개선이

무섭다, 주머니인 척하면서 주머니를 묻어 버린

남현동 비가

또봉이통닭은 할아버지 할머니가 짝꿍인 또봉이통닭
또봉이는 짝잃은 할아버지 혼자 지키는 또봉이
낙원떡집은 가래떡이 말랑말랑한 낙원떡집
낙원떡집은 아직 낙원이 되기에는 먼먼 낙원떡집
일오삼마트는 이름이 재밌는 일오삼마트
일오삼마트는 '일'자의 반쯤이 부서져 나간 오삼마트
명품세탁은 아침 8시면 떵동하는 명품세탁
명품세탁은 맡기곤 찾아가지 않는 미아보호세탁
향림원은 탕수육이 바삭바삭 향림원
향림원은 향기로운 숲이 아닌 콘크리트 건물 2층
아가씨생선가게는 어느새 아줌마가 늘 활기찬 생선가게
아가씨생선가게는 여릿한 물고기일랑 눈씻고 봐도 없는 비
릿한 가게
이렇게 먹고사는 나는 오늘도 배달 201동 902호
나는 세상을 배달받으며 201동 902호에 갇혀 있거나 숨어
있는 사람

날 밝으면 제자리에 있는 평화로다
날 저무니 휘어진 뼈가 저며 오누나

4월 비가

1

따뜻한 물속에 띄워 놓으니 잔뜩 말라 있던 멸치야
너는 다시 흐느적 물살을 타며 풀어지는구나
미역도 다시 살아 매끌매끌 일렁이는구나
태어난 곳으로 돌려보내니
빳빳하게 굳은 몸을 풀고 허리를 놀려 보는구나
바닷속으로 가라앉은 아이들
젖어서 입과 눈과 숨구멍이 열리지 않는 우리 아이들도
물 밖으로 꺼내 따스한 햇빛에 말리면
다시 보들거리지 않을까

2

이상하다 내가 몰래 파묻은 것만 같다
간밤에 땅이 움푹 파이고
구덩이에 한무더기 파묻었던 것 같다
그리고 감쪽같이 흙을 덮어 버린 것 같다
꽃잎 떨어진 마당을 밤새 비질했던 것 같다
빗자루로 쓸어담아 거대한 꽃무덤을 판 것 같다

분명히 흙구덩이가 파였었는데
삽도 빗자루도 온데간데없고
메워진 자리도 어디쯤인지 보이지 않는다

3
흙냄새 끼쳐 오면
쓸렸던 쓰라림과 뻥 뚫렸던 한기만 아려 온다
하루에 한 번씩 해가 어둠의 빈 뱃속으로 삼켜져도,
피던 때처럼 눈부시게 봄꽃이 떨어져 내려도 슬프지 않
으리
다시 돌아오는 것들은 끝내 슬프지 않으리
살아서 먹고 입는 나는 잉여이고 갚지 않은 빚이 아니랴
5월의 햇살이 찬란한 무심이 되는 까닭은 무엇인가
자연을 무자비하게 만드는 것은 우리들 사람
이듬해 4월이면 봄꽃은 다시 피어도
아이들 꺾인 숨꽃은 다시 피지 않으리
다시 피지 않음으로써 4월 해마다 한 번씩
다시 또 시들리

4

반 토막의 살점이 하얗게 회로 발라지는 물고기를 보고
있다

반편의 뼈대가 고스란히 드러나 있는데도

아무렇지 않게 살아 있는 물고기를 보고 있다

반쪽이 덜어져 나갔는데도 나머지는 살아 있으려고 안
간힘 쓰는

이상한 물고기를 보고 있다

죽을 때까지 파르르 떨며 살아 있어야 하는 물고기를
보고 있다

몸의 태반이 사라진 채로 아가미를 뻐끔거리고 있는 물
고기를 보고 있다

이미 베어져 나간 반쪽은 자기 것이 아닌 척하고 있는
딱한 물고기

순식간에 어디까지 잘려 나갈지 알고 싶지도 않은

눈만 퀭하니 뚫린 물고기

5

내 속에 배 한 척 가라앉았습니다

살아 있는 이들에게 세상에서 가장 아름다운 사랑의
말, 그리움의 말을 남긴

배 한 척이 침몰했습니다

그 이후로 나는 이렇게 내가 무겁습니다

내가 가라앉힌 배가 있는 곳에는 부표가 꽂혀 있습니다

언제까지고 내가 살아 일렁일 때마다 함께 출렁일

부표가 가슴에 꽂혔습니다 가슴에 바람구멍이 뚫렸습
니다

그날 이후로도 나는 여전히 바다이지만

흘러도 관 위를 흐르기에 흘러갈 데 없는 바다입니다

묻혔지만 묻어 둘 수만은 없는 바다입니다

배가 찢어 놓았지만 아플 수만은 없고

아, 깊이 고였지만 고여 있을 수만은 없는 바다입니다

내 속의 나도 모를 거친 일렁임이 두렵습니다

지금 나는 바다가 아니고 싶은 바다입니다

어린 해초와 물고기들마저 놀라 나를 떠나가려 합니다

떠나보내고 싶은 마음으로 다시 꼭 움켜쥐어 봅니다
그 어린것들의 숨결을 간절히 품어 안아 봅니다

구름 비가

가을 하늘에 비누 거품처럼 물씬 피어오른 구름
그 속에 빠져 거품 휘저으며 발장구 치고 싶은 구름
그 위를 가볍게 올라타 입바람을 불어 대며 놀리고 싶
은 구름
단풍구름 홍초구름 억새구름

구름이고 싶지 않다,
천둥치거나 벼락치는 날의 들이치는 주먹구름
우박이나 장대비로 쏟아져 내리는 땡비구름
분노구름 슬픔구름 음울구름

구름이고 싶지 않다,
아프리카의 굶주린 아이들이 떼내려가는 팝콘처럼 바라
보는 구름
시리아의 상처 난 아이들이 풀어져 나간 붕대처럼 바라
보는 구름
아파트 옥상이나 바위 꼭대기에 올라선 사람들이 놓친
구명정인 듯 바라보는 구름

이런 구름이고 싶다,

오 마가쟁 드 누보테스의 사각형의내부의사각형의내부
의사각형의내부를 지나

옥상정원에 올라서 날자 날자꾸나, 날개도 없이 날갯짓
하는

이상이라는 이상한 새의 발을 받쳐 주는 구름

아름다웠던 소풍 끝내고 하늘로 돌아가는 천상 시인의
넋을 거뜬히 업어다 주는 구름

암냑남냠 식탁전

식탁 아래서 오호라,
버젓이 무릎 맞대고 있는
의자 두 놈을 보면서
나는 두 무릎 알알이 달고도 맞댈 데가 없는데,
식탁 위에서는 시시때때로 등진 마음의 무늬들만 번져
갈 뿐인데,

위에서는 서로의 면전을 향해 밥알이 튀고
숟가락이 밥그릇을 찢어 놓고 젓가락이 접시를 콕콕 찌
르는 사이
아래서는 내가 모르리란 듯이 저희끼리
보면 보이는 곳에서 보란 듯이
암약과 밀약 아먁미럑 아미약미리약 암냑밀냑

보이는 곳에서 보일 리 없다는 듯 붙어 있는
발칙한 무릎을 상상하고 무릎끼리의 작당을 꾸며 내고
무릎과 무릎 끼리를 곁눈질하는 나를 보는 게 더 약오른
이 식탁 위아래의 싸움은 어떻게 이기나

식탁 위 숟가락과 밥그릇과 젓가락과 접시는

누가 누가 져 주나 누가 누가 말리나

식탁에는 언제 위아래를 맞추는 평화가 찾아오나

활어 행장

바다를 떠나온 그날부터 활어였다

살아서 진귀한 활어인가
죽어야 하는 삶의 엄연함으로 활어인가

파닥거림의 그 막바지를 위해서
숨 쉬고 있을 뿐인

바다에서는 이것을 활(活)이라, 삶이라 이르지 않았다

여기, 뭍에서는
아직 죽음이 닥치지 않았음을
사(死)의 절정을 위해 기꺼이 활(活)의 비늘을 벗어 버릴
수 있음을
삶이라 한다

먹이를 찾으며 바다를 숨 쉬는 수많은 아가미들 가운데
들쉬고 날쉬는 하나의 아가미였을 뿐이나

바다가 마른 이곳에는

죽어서야 비로소 살아 있었음이 밝혀지는

비운의 활어들만 뻐끔뻐끔 떠다닌다

21세기의 비

20세기의 총아인 나의 탄생과 성장을
산파처럼 지켜보고 관리자처럼 감시해 온
은총의 도시에
나의 탄생보다 먼저 드높고 눈부신 역사를 축조하며
20세기 총아들의 출현을 준비해 온
문명의 도시에

별을 보던 골목길 옥상집 아이에서
도시의 미로를 배회하는 지금까지

세기를 넘어 얇고 투명한 유리 뺨을 타고 흐르는 눈콧밀썰처
물물물물마
끝
물

피넘금무부추
흘어이너서락
리지가지지하
고고고고고고

실파토끓부추
종묻막어러락
되히나지지하
고고고고고고

잘쓰목투흔부추
라러매신들딧락
내지달하리치하
고고고고고고고

고고고고고고

고고고고고고고

저라는 것

사과가 저를 벌레 먹은 사과라고 여길 때는
옷이 저를 좀먹은 옷이라고 실쭉할 때는
꽃이 저를 시든 꽃이라고 비아냥할 때는
못이 저를 녹슨 못이라고 손가락질할 때는
주전자가 저를 찌그러진 주전자라고 비웃을 때는
변기가 저를 더러운 변기라고 조롱할 때는

아직 저를 저라고 생각하는 것이다
터지고 깨져도 저라는 게 있다는 것이다
저대로 저 나름으로 오물딱조물딱
살아갈 이유가 있다고 믿는 것이다

그러나 보라,
구멍 숭숭 뚫린 채 굴러가는 나뭇잎을
말 못하는 앵벌이의 발 없는 손을
쪽방촌 사내의 말없는 숟가락질을
오래 앓아 누운 노인의 퀭하니 비어 있는 눈빛과 말라
붙은 입술을

없는 것이다
텅 빈 것이다
그저 귀 기울여야 할 숨소리와
따라가야 할 몸놀림밖에
저라는 건, 저 같지 않다는 건
이미 먼 데 두고 내린 물건인 것이다

마지막

올 때는 혼자 울면서 오지만
갈 때는 여럿 울리고 간다

할아버지 울면서 왔으나 울리고 가셨고,

할머니 울면서 왔다 울리고 가셨고,

아버지 울면서 와서 울리고 가셨고,

큰고모 울면서
큰고모부 울면서
작은고모 울면서
작은고모부 울면서

큰고모 울리면서
큰고모부 울리면서
작은고모 울리면서
작은고모부 울리면서

울고 들어와서
울리고 나가는

울고 들어온 나는 슬픔인 줄 몰랐는데,
울리고 나간 빈자리에 거스러미마냥 꺼슬꺼슬한

멋모를 슬픔으로 시작해서
알고 싶지 않은 슬픔으로 *끄으으끄*……*끄*옥……끝!

커튼콜 없이 쏟아지는 막, 마지……막!

이미지들, 내 입으론 안 불어지는

나는 내 시의 팔레트에
내 삶을 덩어리째 던져 넣지만
그들은 그들 시의 피사체에
이미지만을 던져 넣는다

팔레트는 탁하게 번져 가고
내 삶의 튜브는 쭈글쭈글해졌지만
그들의 피사체는 아직 양파 껍질 속에 있고
이미지는 그들의 렌즈 안에서 입혀지기 위해 대기 중이다
그리고 그들 삶은 다른 곳에서 동시 개봉 중이다
그것은 무적의 신권 지폐처럼 빳빳하다

이미지를 만들어 내고 이미지를 던져 넣고 이미지를 덧
입히며
놀이처럼 뻗어 나가는 이미지의 리좀에
나는 이 비곗덩어리 육질의 삶을 덥석 들이밀었던 것이나,
이미지의 토끼적 증식에 한낱 거북이 발자국을 남긴 모
양새가 되었던 것인데

이미지 대열에 편승하지 못한 낙오자가 되어서
삶을 삶으로가 아닌 삶을 이미지로, 이미지를 이미지로!
제발 삶은 삶대로 살고
시는 이미지만 물비늘처럼 반짝 건져 올려!

나는 쭈그려 앉은 저 계단참의 대걸레처럼
두 팔 가랑이 벌린 녹슨 가위처럼
줄 거 다 준 지 오래인데

책상에 걸터앉아 다리를 흔들며
이미지의 버블껌을 불어 봐!
이미지의 휘파람을 날려 봐!
아, 내 입은 버블껌도 안 되고 휘파람도 안 되고
이미지놀이 그림자놀이 불가!

자, 그러니 내 이미지는 내 살을 얇게 회 떠서 한 점씩
날리시압!

일서리 노래

치르륵치르륵 치르륵치르륵
새벽부터 내리는 호우특보의 장맛비를 헤치고

일터로 간다, 나는야

하루 일당의 숭고함과 절박함을 위해 치르륵치르륵
마다치 않고 빗속을 가게 될 줄은

동댕이쳐진 실패 닮은 평생임을 눈치채고서도, 짐짓 그
럴 리 없다는 듯
죽으면 맛도 없어지는 놀래미처럼 몸을 움직여 꾸역꾸역

살고 살고 살아가리

태양은 늘 멀고 눈부신 그대련만
퀴퀴한 이부자리 위에서도 손가락 박자를 타게 만들며
생활은 거리의 음악패같이 졸라 대고

넘으며 넘으며 살아가리

지금은 비록 일당 벌러 장맛비 속에
여의치 않은 여정을 가지만 치르륵치르륵
빗소리도 가을 벌레만큼 울어라

어느 낭떠러지에서 돌연 ㄱ자로 꺾여 구르더라도

그날까지는 사랑하는 측은한 얼굴들이여
다정하지만 손길이 거칠어진 일손들이여

서리나게 몸서리나게 살아가리

즐거워라, 비정규직

하늘과 땅과 바다
말고
해님 달님 별님
말고
나고 들지 않는 목숨, 있으려나

닳아야 생인 줄 아는 비누는,
구르고 굴러야 제 할 일 다하는
줄 아는 두루마리 휴지는,
꺼졌다 켜지는 것이 할 줄 아는
놀이의 전부인, 내키면 몰아서 깜박거리기도 하는
저 혼자 놀기의 달인 전구는,
점잖게 들어앉았다 매 맞듯 몰려나오는
생을 극적이라 여기는 가구는,
부수고 쌓고 부수고 쌓아지는
두껍아 두껍아 헌집 줄게 새집 다오는,
일터에서 돌아와 비로소 종이 앞에 고개 숙이는
시인의 평생 일과는……

날아가던 새도 꼿꼿이 마른 나뭇가지를 기웃거리고
꽃은 피어서도 머리 위에 만발, 져서도 발밑에 만발
봄여름가을겨울은 제 여흥의 뒷자락이 늘어질까 번갈아
가고 오네
구름은 한 하늘에 머물지 않으며 심심풀이
두터운 붓을 흔들어 유리창에 그리는 빗방울의 음각화

언젠가 육체를 떠날 영혼은
밤마다 저 혼자 구운몽(九雲夢)이네
떠도는 영혼에 비끄러맬 수 없는 육체려니
안녕, 우리 또 만났네?
자, 네 발목 한 짝 어여 이리 내 봐, 내 발목에 단단히 묶
게시리!

그녀의 냉장고

며칠간의 먼 여행으로 집을 비운 그녀의

두 외래산 고양이들에게 먹이를 주러 들렀다가 냉장고를
열었을 때,

곧잘 아기자기한 음식을 만들어 먹고 종종

주변에 나누기도 하는 재간 많고 잔망스런 그녀의 냉장
고를 열었을 때,

아이 둘에 고양이 둘까지 거둬 먹이는 살림을 하면서도

그녀의 집은 드물게 걸어 보는 쾌적한 도심의 산책로였고

그녀의 옷매무새는 산책로에서 마주치는 발랄한 매혹에
다름 아니었건만

그녀의 경이가 사라진 빈집의 냉장고 문을 열고

잡다한 꾸러미와 반찬 그릇들의 쏟아져 나올 듯한 기세
를 본 순간

멎는다, 허둥허둥 숨을 구멍을 찾아들어가는 애처로운
벌레들처럼 그녀에겐

이 며칠간의 집 비우기가 자기 비우기의 진공이었음을

냉장고 바닥에 흘러내린 얼룩들이 그녀에게서 흘러내린

피눈물로 변해 갈 때까지

　나는 잡아당겼던 냉장고 문을 얼얼하게 붙들고 서 있었다

　그녀는 냉장고를 잊었을 테지만, 냉장고는 여기서 피얼
룩을 질질 흘리며

　암상스런 고양이처럼 주인의 귀가를 기다리고 있을 것이
었다

50조각의 퍼즐

거울로 빚은 얼굴을 산산히 깨뜨려 봐도 내가 아니고
내가 썼다는 시를 펼쳐 글자 하나하나를 뜯어봐도 내가
아니고
옷장 속에 걸린 옷 그 암홀에 팔다리를 집어넣어 봐도
내 허우대가 아니고
내 핏속에서 자란 아이들의 피는 걸러져 내 피가 아니고
내 입안에서 울려 나오는 목소리는 이생 너머 전생의 메
아리이거나 내생의 넘실거림이고
사진 속에 사로잡혀 있는 건 나라는 착시 또는 가공
열 살 적 위인과 스무 살 적 여인과 서른 살 적 시인은
온데간데없고
머리 위 하늘도 발치의 꽃도 그 사이 콩나무 다리도
모두 다 근사한 화면인데 나만 어울리지 않는 주인공이고
맘대로 살 수도 없지만 맘대로 죽을 수는 더 없고
살아도 치욕이지만 죽는 건 더욱 굴욕인,
다 내가 아니라지만 또한 그게 다 나라고도 하는
이 무서운 퍼즐.

그런 줄 모른다는

어리고 가련한 한 아이가
내내 맞아 죽어서라기보다

그 아이를 하루하루 죽어 가게 한 것이
그 아이를 하루하루 자라게 해야 할 어른이어서라기보다

그 죽음이 그 아이 십여 년 삶의 하루하루였음을 알아
서라기보다

죽이면서도 죽이고 있는 것인 줄,
죽이면서도 죽어 가고 있는 것인 줄,
죽이기 전에 먼저 죽고
죽이면서 더 빨리 죽어 가는 줄,

모른다는 그 사실이

인간은 스스로 자기 시체를 바라보고 치울 줄,
나도 그런 시체가 되어 가고 있는 줄,

모른다는 그 사실이 더 무서워서

질 나쁜 상상력

밥을 비비려고
큰 양푼에 숟가락을 들이미니,

아빠엄마 숟가락이 아이 숟가락을 달달달 볶거나 들들
들 지지는 이상한 놀이에 빠지고
친구 숟가락이 다른 친구 숟가락을 몽둥이로 때린 뒤
부러진 숟가락을 도랑에 몰래 버리고
남자 숟가락이 거절하는 여자 숟가락을 끝까지 쫓아가
딱따구리 부리로 쪼아 버리고
아내 숟가락이 다른 숟가락들을 시켜 남편 숟가락을 차
트렁크에 자석처럼 붙여 버리고
숟가락 네 식구가 춥고 배고파 얼떨결에 자기 코에 대고
연탄불을 피우며 켁켁거리고
할머니 숟가락이 다른 할머니 숟가락들의 물그릇에 더
러운 침을 뱉고 독한 코를 풀고
할아버지 숟가락이 쪽방에서 아무도 못 듣는 사이 숟가
락질을 멈추고
모르는 숟가락이 다른 모르는 숟가락을 모르는 곳으로
끌고 가 쥐도 새도 모르게 졸라 버리고

아저씨 숟가락이 아이 숟가락의 칠을 벗기고 움푹한 곳에 황산을 뿌리고

　머시기 묻은 숟가락이 겨 묻은 숟가락을 흠잡으려고 겨로 머시기를 닦았다 외치고

　선장 숟가락이, 해운회사 숟가락이, 명줄과 돈줄을 쥐락펴락하는 지배자들의 숟가락이

　배에 꼼짝없이 갇힌 어린양 숟가락들을 어쩔 수 없는 세월의 희생양들로 녹여 버리고

　제 밥술 불리기 위해 한 발 한 발 짓궂게 남의 밥술 덜어내다 벼랑 끝에 몰린 숟가락을 툭 떠밀어 버리고

　이상 이것은 크기와 양이 정해진 양푼 안에서

　제 먹을 밥을 비벼야 하는 여러 개 숟가락들이 피치 못하게 만났을 때

　벌어질 수 있는 일들에 대한 질 나쁜 상상, 을 하게 한 질 나쁜 상상력이었음

열아홉이 깨운다

이른 아침에 잠에서 깨어나며 안다

망가진 열아홉 정비사의 가방에 들어 있던 컵라면과 나무젓가락이

열아홉짜리 애물단지 매단 내 늘어진 가방 속 커피믹스 한 봉보다

얼마나 무겁고도 든든했을는지

이른 아침에 잠에서 깨면서부터 생각한다

새벽에 출근해서 새벽까지 야근하며 휴일도 없이 일하다

부서진 열아홉 제빵 근로자의 하루하루가 쪽잠 속에 절그럭대는 놋쇠 사슬이어서

그 꿈은 새벽 공기를 타고 오를 듯 가벼웠으나 꿈을 위해 일어서야 할 몸은

꿈조차 휘발된 지 오래인 내 몸만큼이나 얼마나 푸석푸석했을는지

밤에는 물에 불린 미역 줄기처럼 슬픔을 요에 휘휘 감아 문대지만

아침에는 잠 구름을 찢으며 들어온 햇살 창끝이 요에 뭉갠

슬픔을 버석거리게 한다

세상이라는 거대 설비공장에서 열아홉은
틈새를 끼워 맞춰야 하는 나사못이 된다
어느 틈에 낑낑 끼이거나 어느 틈으로 가물가물 굴러가
버리기도 하는

투신양명 바나나

소리가 없어 속도 없는 줄 알았느니
10층 공중에 뜬 방에 등 구부리고 외로 누워 있어도
아무도 그 껍질 안을 궁금해하지 않아
포슬포슬한 살이 그 안에서 누렇게 짓무를 때까지
벽걸이 해와 달처럼 손때 묻어 본 적 없는 껍질로 10년

바나나가 귀하지 않은 세상이야

바나나가 스스로 껍질을 벗긴 제 몸을 저 아래
식물성 화단으로 집어던졌을 때, 퍽
처음이자 마지막으로 그 중력이 내는 소리
제 몸이 제 몸 아닌 세상과 아프게 부딪치며 나는 소리가
바나나의 귓가를 울려 오기는 했으려나

바나나에게는 던져야 소리 나는 그 세상이 못내 솔깃했
던 걸까

퍽 하는 순간 화단의 꽃과 흙집과 벌레들은 한평생인
듯 허둥거리고

껍질 안에서 물러져 가고 있던 바나나의 속살은 보란 듯
아침을 여는 활자의 지면에 퍽퍽하게 녹아내린다

2부
눈과 귀는
면방사우

비밀

내내 자고 일어난 방 발치의 이불장이 열리고
시커먼 네 발 도마뱀이 더 이상 숨을 수 없다며 기어나
온다
밤새 저것과 같이 한 방에 있었다니 아니,
한 방에서 잠이 들었다 깨어났다니

함께 있던 사람이 내 고함을 듣고
그 흉물스러운 것의 꼬리를 질끈 잡아챈 순간,

네 속에도 몰래 자라나는 꼬리가 있었니?
그 꼬리로 얼마나 긴 짐승을 키우려고 했었던 거니?

자라서는 안 될 것들이 자라면
있어서는 안 될 곳에서
갑각의 도마뱀이 튀어나온다

계단과 나, 삐걱거리는

내가 계단을 내려가면
계단은 나를 향해 덤벼들듯 올라오고
내가 계단을 올라가면
계단은 나를 향해 무너지듯 내려온다

너라는 계단을 디디는 게 내 갈 길인데,
너라는 계단을 디디고서야 내가 갈 수 있는데,
나에게는 내리막일 뿐인 네가
되레 오르막으로 올라와서
내려가도 내려가도,
밟아도 밟아도,
너와 나는 평지에 닿지 않고
내리막의 내 계단은 너의 오르막에서 뒤집어지고
오르막의 내 계단은 너의 내리막에서 접혀져서
나는 곧잘 올라오는 계단에 들이받혀 열이 나고
너는 늘 흘러내린 계단으로 주저앉아 식어 버린다
나는 내 뜨거움에 데이느라
너의 식은 자리를 데워 줄 수 없고
네 윗목의 냉기는 내게로 오는 계단을 점차 얼어붙게 한다

네가 내 발에 맞는 계단인 줄 알았는데,
내 발을 신고서라면 네가 어디든 가 줄 줄 알았는데,
이제 디딜 계단이 점점 줄어드는 내 발은 어느새 깨금발
이 되어 있고
계단은 지쳐서 자꾸만 계단이려 하지 않는다

우리 서로에게 끝까지 발과 계단일 수 있는가,
보기 좋게 발을 얹고 가는 계단일 수 있는가

면방사우(面房四友)

짹짹소리 말고 듣기만 하라고 귀는 가만히 있고

냄새를 맡거나 콧물을 흘리거나 그저 이따금씩 간지러우면

손가락으로 후벼 파라고 코는 가만히 있는데

눈은 눈동자를 굴리고 눈꺼풀을 여닫느라 잠시도 가만히 있지 않고

입은 먹고 말하고 웃고 삐죽거리고 간혹

다른 피조물의 볼과 이마와 입술까지 드나드느라 가만히 있질 못한다

가만히 있을 수밖에 없는 귀와 코는 늘 눈과 입보다 뒷전에 밀려나 있는 느낌이다가도

눈과 입 덕분에 먹고사는 기분이고

가만히 있을 수 없는 눈과 입은 놀고먹는 귀와 코를 대신해 착취당하는 느낌이다가도

귀와 코 덕분에 돋보이는 기분이라

눈코입귀 아귀를 아웅다웅 한솥밥 식솔로 거느리고도

얼굴은 아교 바른 듯 팽팽하게 살아 있다

눈물

망막이 막막하네
망막에 막막하네

망막에 막막하니 맺히질 않네
망막이 망연하니 열리어 있네

망막에 고이네,
지나온 삶은 물웅덩이처럼 망막에 잔뜩 고여 들고

망막에 스치네,
다가올 삶은 빗방울처럼 망막에 어른거리며 내려앉을
연못 의자를 찾네

고구마 손가락

책상 위에 놓고 시를 읽다
시 앞에 나도 모르게 공손히 깍지 낀
내 두 손을 엮어 놓은 손가락들을 보니,
　　달아올라 검붉은색
　　손가락 끝엔 홍조!

며칠째 삶아 먹고 있는
상자 안 붉고 통박한 고구마들
고구마들은 무얼 놓고 공손히 깍지 꼈었나

고구마 모종을 심은 뒤 흙을 어루만지는 굵고 거칠고 주
름진 마디마디들,
고달프나 달게 여길 줄 아는

붉은 고구마 손가락들은 힘주어 이 삶의 질박한 시들을
경배하는가

1월 1일

어리어리 길을 잃고 주춤주춤 찾아든
눈 오는 작은 마을 갈피에
서표인 듯 숨어 있는 아늑한 도서관

책으로 난 갈랫길 찾아 불쑥 들어서는
찬 공기 채 떨치지 못해 떨리는 입술을 다무는 객

파묵의 『새로운 인생』이나 키냐르의 『은밀한 생』,
빈사의 바퀴를 굴리는 밤 버스와
빈사의 불꽃에 이르는 사랑의 여정을
서가에서 골라 권해 주는
말 없지만 두 볼이 달아오른 사서

그 사서의 반은 일렁이면서도 반은 잠겨 있는
동공이고 싶은

설

하늘 날다 문득
모처럼 사람 소리 여럿 들리는
시골집 사정이 궁금해진 참새 한 마리가
거꾸로 빈 하늘 엿보는 내 머리 꼭지에다 묻는 소리,

   머리 맞대고 무슨 궁리들인가 쩍 뭔 궁리하나 쩍쩍
   들리는가 쩍 듣는가 쩍

내가 참새의 말로 답하길,

   살자고 하는 얘기들이지 쩍 사는 얘기 쩍쩍
   들리는가 쩍 듣는가 쩍

애틋한 사람들 다 한데 모여
살 궁리하는 소리가 가장 잘 들린다 쩍쩍

모르겠지 몰랐겠지

한때는 청어요 전어요 광어의 비늘 건반을 달았었을
이 물고기는 몰랐겠지 모르고 죽었겠지
살아서 대들보인 뼈는 죽어서 잔망한 가시에 지나지 않
으며
가시에서 살이 이렇게나 잘 발린다는 사실을

청어도 전어도 전전
몰랐겠지 긍긍 광어도
모르고 살았겠지

알람

깨어 일어난다는 게 무슨, 소용이람소용이람소용이람
펼쳐 놓은 이부자리가 다, 무어람무어람무어람
베갯잇에 낀 후회와 반성과 슬픔이, 자람자람자람
입고 먹고 두고 사는 게 이런, 것이람것이람것이람
걸치고 나갈 희망이, 모자람모자람모자람
두 눈 두 귀로도 감당할 수 없는 많은, 사람사람사람
밥 차리고 예 차리고 속 차리고 살다 보니 종종, 열남열
남열남
닫기도 무거운 이 문을 어떻게, 열람열람열람
이러다간 열어 보지도 못하고 문앞에서 그냥, 끝남끝남
끝남
양손에 잔뜩 집어든 채 신발까지 신고 서서 이제 어떻
게, 살람살람살람

잠이 깰 때까지 그치지 않고 들려오는 이 한밤의 알람

수저와 어머니 2

80여 년째 밥상 목마를 타고 있는 엄마가

겨울도 지쳐 가는 나물 밥상에서 마른 가지처럼 떨어뜨린 숟가락을

30여 년 전 어느 날 제 혈기를 못 이겨

엄마의 밥상을 튕겨 나갔던 딸에게 엄마가 그랬던 것처럼

허리를 굽혀 주워든 숟가락을 밥그릇에 얹어 드렸다

허리를 굽히는 내 안에서

내내 내가 그 이름으로부터 줄달음쳐 온 엄마가 튀어나오고

엄마 안에서 다시

엄마가 발이 닳도록 쫓아온 망둥이 딸이 불려 나오는

밥상머리의 자전을 지나

떨어진 숟가락 하나가 바닥에서 대차게 밥상을 밀어 올리고 난 뒤 반대편에서

다른 하나의 숟가락을 유유히 떨어뜨리는

밥상의 만유인력

그의 노후

반쪽 뇌가 두꺼비집을 내려 버리자
수평이 된 그가 되찾은 건 배내옷 속의 환하고 해맑은
웃음이었네

반쪽의 뇌와 함께 안팎에서 어지럽게 거미줄 치던 언어
들이 사라지고
그 안에 걸려들었던 잡념의 먹잇감들도 더 이상 버둥거
리지 않았다네

이부자리에 누워서 그가 재생 화면처럼 꼬박 넘겨가는
신문에는
어떤 기억과 일상의 삽화들이 문자로 번져 가고 있을까

평생이 숫자와 자리와 잘잘못을 가리는 싸움이었던 그
가 이제야
먹을 자리 눌 자리, 낼 거 받을 거, 네 잘못 내 잘못 가
리지 않고 한가롭다네

반쪽 뇌의 먹구름 걷히자 서둘러 길을 여는 햇살!

겹겹이 주름진 뇌는 그간 얼마나 많은 번개와 천둥을 일
게 한 것인가
자기 안에 있는 빛을 보지 못하고 그는 어떤 뜨내기 태
양을 찾아 두리번거렸는지

그 비좁은 머릿속에 들어앉은 뇌는, 익어 갈수록 달궈지
는 찜솥마냥, 습하고 뜨거워지는데
혼자서는 식힐 줄 몰라 오래도록 남몰래 뒤척였구나

씨씨티브이

너는 그 안에 있고
나는 그 밖이다, 씨씨티브이

너는 순순히 걸어 들어갔고
나는 빠져나왔다, 씨씨티브이

생생했던 그날 그때의 네가 없는 오늘, 씨씨

티브이 안에서만 너는 살아 움직인다
네가 그 안에 사로잡힌 것인지,
너를 담은 세상이 통째로 그 안으로 빨려들어간 것인지
알 수 없다, 씨씨

티브이만이 너를 저장하고, 너를 재생하는가

나는 밖에서 그 장면을 보는 사람이다, 살아 있음의 과
거형을
내 삶은 늘 현재형이라고 생각하면서, 씨씨
티브이 안으로 내가 사는 세상이 인질처럼

잡혀 들어가고 있다고 생각하면서, 씨씨

티브이만이 너를 되풀이 살려 내는 거기, 씨씨

티브이 안에서 나도 언젠가 내 생의 흔적을 되짚어야 하
나, 씨씨
티브이 안에서 사각지대로 사라지려는 너를 데려 나오
고 싶다

집

남은 집은 몇 채이려나, 나 여러 채의 집들을 거쳐 왔네
크거니 작거니 높거니 낮거니 했지만
들어앉으면 달리 나설 데도 없는 나의 집이었다네
옥상에서 별을 올려다보던 집
계몽사 50권 세계문학전집이 반겨 주던 집
할아버지가 벼루에 먹을 갈아 다리 가는 학을 그리던
방이 있던 집
할머니가 큰솥에 개떡을 찌던 부엌이 있던 집
키우던 고양이가 갓 낳은 새끼들을 숨기려다 목줄에 걸
려 죽고
나는 멍하니 창틀에 올라앉아 마당의 후박나무만 바라
보던 집
저녁 어스름 귀갓길에 문득 노을빛 조등이 걸렸던 집
아버지에게 대들다 한동안 치마 아래로 종아리가 시퍼
렇던 여대생이 살던 집
후두둑 빨간 딱지가 붙고 빚쟁이로 몇날며칠 눅눅하던 집
퇴직하고 이빨 빠진 아버지가 낡은 소파와 함께 음침한
정물화가 되어 가던 집
그 집이 싫어서 한 남자와 도망쳐 나온 집

커다란 모기장을 사면 벽에 걸고 아이들과 한 방에서
자던 집

아이들이 자라면서 식탁이 소란스러워지고

기어코 같이 놓일 수 없게 된 수저들이 생긴 집

네 식구가 제 귀퉁이에서 각자 자기 식의 평화를 지키
는 집

때로 네 식구 마음 따라 문짝은 어그러지고 변기가 막
히고 천장이 얼룩지는 집

제 손바닥에 옹송그리는 식구들을 하나라도 놓쳐서는
안 되는 지상의 단 한 칸

어쩌다 예전 살던 곳들을 지나칠 때면

어떤 집은 뭐하러 또 왔냐 묻고 어떤 집은 들렀다 가라
하는데

제 들보를 갉아먹는 슬픈 벌레를 키우지 않는 집은 어디
있으려나

원더풀 튜브

오늘도 짧, 고 짤, 게 있구나
쥐어짜면 짜는 대로,
목을 죄어 누르면 누르는 대로,
손끝의 기대를 저버리지 않는 너

고맙다, 튜브여

너의 끝은 보이지 않으나
내 손끝은 너를 움켜쥐는 시작이어서
너의 끝으로 향하고

너는 끝을 보이려 하지 않으나
나는 끝을 보고야 말리라는 것

그러니 미안하지만
벌려라 튜브, 넣을 때까지
뱉어라 튜브, 비울 때까지

나의 짜내는 힘과 너의 짜지는 힘

의 아찔한 긴장 사이에
우리 생의 짧조름한 희망이 있다

내놔라 튜브, 내 손에
나와라 튜브, 내 손에

더, 더, 더
다, 다, 다

찢기기 전에!

아서라, 눈썹

하는 일이 없다 말하려는가

그 옛날 오나라 미녀 서시가 이맛살을 찌푸릴 때
그 이마를 더욱 돋보이게 해 준 것이 눈썹이었으며
겨울 하늘에 달은 우리네 님의 고운 눈썹을 옮겨 심은
것이니*
나는 얼굴 천하에 뜬 달이요, 얼굴 천공을 흐르는 솜털
구름인 거라

아미는 미인의 눈썹을 일컫는 말인바
시인의 골똘한 눈썹은 무어라 불러 줘야 하나
시인 김수영의 눈썹은 설움과 자주 입을 맞춘 거미 눈썹
이라 하고
프리다 칼로가 그린 프리다, 화가의 눈썹은 상처 입은
사슴의 눈썹이라 해야 하나

나에게 무임승차를 말하지 마라
송충이 눈썹으로 한 세대의 오빠부대를 장악했던 노래
꾼이 있었고,

나에게 무노동무임금을 말하지 마라
일자 눈썹이 아니었다면 순악질 여사가 있었으랴, 숱한
눈썹남 눈썹녀들의 계보를 기억하라

엽렵한 눈과
의뭉한 코와
잔망한 입술이여,

재주도 많고 수고도 많구나

허나 이 모두가 내 밑에서 벌어지는 일이니
내가 위에서 보기 좋게 그어 주지 않는다면
너희들이 부리는 얕은 재간이야 오래갈 수 있겠는가

* 서정주, 「동천」.

5월과 6월, 그리고 7월의 23일

부엉이바위와 아파트 옥상, 그리고 병원의 중환자실에서
끝나지 않는 23일의 죽음들과 맞닥뜨리다

알려 해도 알아도 아는 것이 아닌,
멈출 수 없었던,
그 죽음에 명치가 뜨끔거려서

매미가 운다

다리 무너지고 길 막힌 이 삶은 뭐냐고
끈끈이주걱같이 들러붙는 이 죽음은 왜냐고
뻘밭으로 펼쳐진 이 슬픔은 뭐냐고

왜-왜-왜-왜-왜에에
뭐-뭐-뭐-뭐-뭐어어
왜-왜-왜-왜-왜에에
뭐-뭐-뭐-뭐-뭐어어

3부
쓰고 싸는,
펜의 이중생활

구름이었으면, 구름이 아니었으면

고개 돌려 보니
아까 그 구름이 아니네

거북이 등에 올라탄 50분의 구름은 55분의 모자 구름
이 되지 못한 것을
내 그늘진 마음이 눈꺼풀을 잠시 내려앉혔다 올린 사이
사라진 것을
(지구 반대편 하늘에 뜬 별주부 구름 위에 얹혀 있으려나)

어떤 이는 구름이었으면 좋겠다, 어떤 일은
어떤 마음은 구름이 아니었으면 좋겠다, 어떤 믿음은

새털구름이었으면 좋겠다, 지금 너를 어쩌지 못하는 네가
그 곁에서 가랑비를 고르고 있는 내가

양털구름이 아니었으면 좋겠다, 내가 기다리는 네가
흔들리는 초록 잎맥에 맺힌 이슬방울인 내가

새털구름이었으면,
        양털구름이 아니었으면,

구르는 마음이었으면,
　　　　구르는 마음이 아니었으면,

모자 구름이다가
　　　　모자 구름 아니다가,
거북이 등 구름이다가
　　　　등에 올라탄 구름 아니다가,

비가 앞질러 오다

여름밤 빗소리가 자꾸만 당신 발자국 소리로 들리는데
발자국은 오다가 끊기고
당신보다 한 발짝 비가 앞서 오다

발을 가진 당신보다
발이 없는 비가 빠르게 오다
오는 비보다
오지 않는 당신을 기다리다
오지 않는 당신을 원망하기보다
오는 비를 탓하다
당신의 발자국 소리인 양 내 귓가에 범람하는 비를

당신의 타박타박한 발자국을 덮쳐 오는
피해 가지 못할 서러운 낙하,
한밤 인간의 고요에 앉아 그 오래된 섭리를 미워하다

시골 순자와 서울 선영이

순자, 그녀의 이름이다
그녀는 시골에서 나고 자라 지금도 시골에서 밭일을 하
며 산다
태어나자마자 그녀에게 순자라는 이름이 붙여졌듯이
부엌일과 밭일이 평생 그 이름을 따라다녔다
그녀의 피부와 외모는, '혹성 탈출' 닮았어, 그녀와 달리
하얀 피부를 가진
그녀 딸의 놀림감이 되곤 한다

선영, 근 50년을 도시에서 산 그녀를 휩쓸고 간
서울의 어설픈 사랑과
서울의 어쭙잖은 낭만과
서울의 헤픈 능욕과
서울의 쓴 배반이여

시골의 순자와 도회의 선영은
그렇게 엇갈린 운명을 타고난 이름들이었고
내내 그럴 것으로 믿어졌으니

그러나 순자는 시골에서, 선영은 서울에서

똑같은 TV 드라마를 보며 이따금은 똑같은 술잔을 기
울이기도 한다

TV와 술 앞에서 욕망은 평등한지라

순자와 선영이 만나게 된 어느 날부터인가 들기 시작한
의심,

순자 안에도 선영은 움텄던 것이 아닐까

선영 안에도 맞닥뜨려야 할 순자가 있지 않을까

순자는 맨숭맨숭 순자이기만 했을까

선영은 사시사철 선영일 수 있을까

젊음에서 늙음으로, 문명에서 자연으로, 여자에서 어머
니로

흘러가는 생의 시곗바늘 위에서

순자는 선영의 피할 수 없는 미래이고

선영은 선영의 잠깐의 허상이고

선영은 순자의 간지러운 겨드랑이 깃털이었던가

서로의 숨결을 가까이 느낄 때마다 흠칫 놀라

멀리 달아나는, 두 욕망

순자를 흔드는 뒤숭숭 욕망과

선영을 움츠리게 하는 움찔 욕망

한 욕망이 다른 욕망을 껴안아야만 합쳐질 수 있는

딸

내 가지에서
네가 피운 꽃떨기는
묘하게 어울리지 않으면서
묘하게 어우러져 있다

꽃 피우는 법이 따로 있겠느냐며
너는 맘대로 만발하고 있는데
왈칵대다 잦아들고 잦아들다 왈칵거리는 너의 꽃피는 모양새가
대고, 들고, 거리는 내 심장의 박동을 만들고

네가 왈칵 꽃필 때마다 내 가지는
소스라치게 당겨진 손목이 된다

목련 끝에서 자목련 한 떨기 비죽 솟아 나오고
진달래 끝에서 철쭉 한 떨기 불쑥 솟아 나오듯

내 가지 한끝이
순리의 목련으로 미지의 자목련으로

순정의 진달래로 배반의 철쭉으로
갈라진 손톱들을 길러 내고 있다

나는 꽃몽오리가 처음 맺혔던 흔적만 거푸 되만져 본다
내가 못 찾은 네가 아직 거기 머무를지 몰라서

내 가지에서 네가 피워 낸 꽃떨기는
가지의 파름한 힘줄을 불거지게 잡아당기지만
나는 아픔과 눈물 속에도 그 꽃떨기가 피는 형상이 오
묘하고 애잔해서
울컥 잘라 내려다 휘황하게 신음한다

너의 그 수상한 꽃떨기는
무슨 솟구침으로 너를 헤치고 나와서
꿈의 뜬구름을 향해 활짝 벙글어진 너의 입술 끝을
다물지도 못하게 허공에 걸어 두고 있는가

나는 쓴다, 싼다

지금껏 뭘 하며……

　　　　　　　나는 쓴다

지금은 무얼 하며……

　　　　　　　나는 쓴다

앞으로 어떻게……

　　　　　　　나는 쓴다

지금껏 써 왔던 것처럼

지금도 쓰고 있고

앞으로도 계속 쓸 뿐이라는 것밖에

대체 무얼 그리 심하게……

　　　　　　　나는 쌌을까

얼토당토않게 많이……

　　　　　　　나는 쌌을까

무엇을 위하여 열심히……

　　　　　　　나는 쌌을까

닳도록 쓰고,

　　　　　싸고
겁 없이 쓰고,
　　　　　싸고
찔끔찔끔 쓰고,
　　　　　싸고
들키지 않게 쓰고,
　　　　　싸고
더 나올 게 없을 때까지 쓸, 쌀 뿐일밖에

오로지 그렇게 쓰고 쓰고 또 쓰며 살아야 싸다는 듯이

어쩌다 숨쉬게 된 바람에, 나는 쓴다
숨쉴 적마다 간지러운 바람들이 들락거려서, 나는 쓴다
숨쉴 적마다 우려져 나오는 뼛국물들이 있어서, 나는 쓴다

나를 물고…… 내가 물고……
　　　　　　　　늘어지는 몸과
　　　　　　　　　　돈과
　　　　　　　　　　글과

가면과
바닥이여

쓰고 쓴, 쓰고 쓸
싸고 싼, 싸고 쌀

딸, 스무 살

내가 쓰는
한 발짝 삐딱한 詩

내가 쓰는
법도 없고 철도 없는 고집불통 詩

내가 쓰는
작법도 모르고 요령도 모르는 제멋대로 詩

내가 쓰는
한 줄 띄워 놓자 쪼르르 줄행랑을 놓는 詩

글자로 쓸 때보다 더
획은 가로지르고 칸은 첩첩하고 행간은 벌어지는 詩

내가 난생처음 종이로가 아닌
몸으로 낳은 詩

글씨는 내 글씨로되

오려 두기하거나 잘라 내거나 붙이기할 수 없는 詩

내가 살아 보지 못한,
그리고 살아 주지 못할 나의 詩

내 손등의 상상계

새끼를 업은 어미 고래와 그 고래의
자궁 기호인 누운 뿔잔이 그려진 반구대
암각화의 존재생태기호 피라미드는 생명
의 서사시이다.
　　　　— 신범순, 『노래의 상상계』에서

아, 그거, 작살 도끼가 찍혔다 내 손등에
생명 고래인 작살 고래가 새끼 고래를 등에 업고 오려나
보다
생명의 뿔잔을 입에는 물고 세기를 가르며 오려나 보다

작살 도끼를 끌고 온 것은
4월의 어느 출출한 끼니 무렵 삼겹살 불판을 거슬러 올
라온
여러 마리의 기름 물고기들이었다
후끈한 도약이었다

태고의 우주는,
내 손등을 엄습한 우주 무늬는, 이렇게
돌연한 아픔과 한바탕 공양 제의로 시작되었다

그리고 내 손등은 늘어진 U자형 우주 뱀의 혀처럼 詩를
낼름거리며
태고 무늬의 상흔을 달래 갔다
돌아온 백석의 나타샤와 같은 태고를 내 손등에 영원히
안장하려 한 것이나

한밤을 넘자 태고의 작살 도끼는
자루만 남긴 채 지워져 가더라
고래를 쫓아 청록 힘줄의 심해로 들어가더라

태양풍선 달풍선을 번갈아 부는 지구가 이후 여덟 번째
아침을 데려왔으나
내 손등을 신세기의 어린 거석(巨石)으로 만드는
암각화의 도끼 끝 자루

도끼 자루가 새겨진 거석을 매단 채 몇억 겹의 생명인
줄도 모르고 나는
21세기 도시의 거리를 출렁출렁 흘러다닌다

나는 나는, 나비는

내가 길의 왼편을 걸어갈 때
나비는 길의 오른편으로 날아오고 있었다

내가 왼편 시멘트 바닥을 딛고 걸어갈 때
나비는 오른편 풀밭 위를 사르라니 날았다

나는 벽돌과 시멘트와 콜타르의 한세상을 터덜터덜 디
디며 갔지만
나비가 누비고 간 것은 풀과 꽃과 잔디의 한세상이었다

길의 왼편은 나의 시멘트 무채 지층이었지만
길의 오른편은 내가 끼어들 수 없는 나비의 유채 음계였다

내 발바닥은 왼편을 걷는 법을 익히며 단단해져 왔지만,
발바닥도 때로는 움푹움푹 노래를 하지만,
그 움푹거림도 들을 만하다며 나는 발바닥에 귀기울이
지만,
나비는 발바닥이 없었다 바닥으로 끌어내려지지 않았다

나는 발바닥, 나비는 날개
나는 흙바닥, 나비는 꽃공중

마주치기는 하지만 겹쳐지지 않는 왼편과 오른편이여!
이 갈라진 금, 보여도 비집고 들어갈 수 없는 틈이여!

시 읽어 주는 시인

먼 훗날 당신이 찾으시면
그때에 내 말이, 김소월
새로운 세계 하나를 낳아야 할 줄 깨칠 그때라야
비로소 우주에게 없지 못할 너로 알려질 것이다 시인아,
이상화
산골로 가는 것은 세상한테 지는 것이 아니다
세상 같은 건 더러워 버리는 것이다, 백석
하늘을 우러러 한점 부끄럼이 없기를
잎새에 이는 바람에도, 윤동주
오, 삼림은 나의 영혼의 스위트홈, 임화
고운 폐혈관이 찢어진 채로 아아, 정지용
늬는 산새처럼 날아갔구나!
이런 것은 아니었다, 나는 불행하다, 나는 일생 몫의 경
험을 다했다, 기형도 진눈깨비
아, 김민부, 육신 밖으로 나가고 싶어 육신 밖으로 나가
고 싶어

시대와 세기를 넘나들며 시, 정현종, 부질없는 시를 읽어
주고
겨우겨우 일하면서 사는, 원재훈 처연하게 썩어 들어가

야 할,
　그것이 나의 일

　시는 나에게
　읽는 달달함이 아니라 쓰는 쓰디씀이었고
　읽어 주는 평화보다
　쓰는 격전이 좋았노니

　입이 마르면서 코끝이 찡해지면서 가슴이 내려앉으면서
시를 읽어 주다가

　식히고 가셔진 밤이 오면
　한낱 무명의 시인과 그 시를 위해 애도한다
　언어의 주육에 빠져 시를 읽다가 나는 쓰는 습성을 잊어
버렸을까

　입안에 감돌지 않는 나의 시와
　귓가에 읊어지지 않는 나의 시,
　지금은 무명을 앓고 있는 내 시의 야생은 어느 행간에
사로잡혔나

시 쓰는 여자

시를 쓰기 전에
쓰레기를 버리러 가는 여자
시를 쓰기 전에
이불을 깔았다 개고 걸레질을 하는 여자
시를 쓰기 전에
밥을 안치는 여자
시를 쓰기 전에
음식물 쓰레기를 버리고 오는 여자
상한 음식을 손으로 쓸어 담으면서
음식이 상하는 만큼 나날이 상해 간다고 느끼는 여자
시를 쓰기 전에
아이를 키워야 하는 여자
아이 실내화를 빨고
숙제와 준비물을 챙겨야 하는 여자
시를 쓰기 전에
돈을 벌고 돈을 내야 하는 여자
시를 쓰기 전에
시를 읽어야 하는 여자
읽으면서 시란 정말 알 수 없다고 푸념하는 여자

읽으면서 시를 써 왔다는 사실이 믿어지지 않는 여자
　읽으면서 써 온 반생과 써야 하는 여생을 후회하곤 하
는 여자
　푹푹 한숨 쩌 내는 여자 퉁퉁 불어 투덜거리는 여자
　이윽고 부글부글 끓어오르는 여자
　하루가 저물면
　시는 쓰지 않고
　식탁 의자 위에 웅크리고 앉아 있는 여자
　어디다 시를 두고 온 사람 모양
　골똘히 아래만 보고 있는 여자
　머릿속은 가득하지만 시만 들어 있지 않은 여자
　뒤숭숭한 세간들 사이로 시만 실뱀처럼 빠져나간 여자
　꽉 차 있으나 늘 텅 비어 있는 여자

의자와 벽과 나

의자는 나를 앉게 해 주었고
그 의자가 배경으로 삼고 있는
벽은 나를 기대게 해 주었으니
의자와 벽과 나 가운데
재주 없고 덕 없는 자는 나뿐이나
앉고 기댄 자도 나뿐이라

의자여, 벽이여, 미안함이여
재주 없고 덕 없음을 내내 탄식해 왔으나
운 좋은 자 또한 나뿐이어서
나의 탄식하는 소리와
그 소리가 담긴 이 아둔한 몸조차
받아 주고 받쳐 준
의자여, 벽이여, 고마움이여

세상에는
의자 같은 재주 많은 이와
벽 같은 덕 많은 이와
그리고 별 재주도 덕도 없으나

요행히 의자와 벽에 신세 지고 있는

나 같은 이와

별 재주도 덕도 없으나

스스로 의자이고 벽이기를 마다치 않는

나 같지 않은 이와

문 뒤에는

문 뒤에는, 머쓱
아무것도 없다
문 뒤에는, 머쓱
벽밖에 기다리는 게 없다
벽밖에, 문에 들이미는 벽의 면면밖에
잡을 것도 놓칠 것도 없다
숨바꼭질의 추억거리와 도망의 몸서리만 있다
열어 나가고 밀고 들어오는 대로
안쪽이기도 하고 바깥쪽이기도 한 가변을 향해 문을 열
어젖히지만
문은 열리면서 어정어정 벽으로 간다
열릴 때마다 문이 꼬박 세 번씩이나 제 이름과 탄생 비
화를 의심할지라도
문이 열리는 길은 벽의 납작한 가슴팍과 닿는 길이고
싫어도 벽의 궁둥이에 손을 얹어야 하는 길이다
문(門)의 빈칸에 벽(壁)이 불쑥 들어서는 순간, 문은 막
히고 벽은 끼여서 새로 생기는
벽(闢), 열린다는 것의 파문(破門)
그러나 열리는 일이 거꾸로 막히는 일이 될지라도

그 틈을 풀피리로 숨 쉬고 담쟁이로 넘고 그 틈을 파이
로 부풀리면서

줍지만 참으로 호젓한 생의 다락을 지어 올리기도 하는 것,

사각으로 열고 닫히는 일상의 화분에도 움직움직 자라
나는 씨앗들은 있지 않을까

님, 님, 님

먹성 좋은 아들아이가 식탁 앞에 둥그런 배를 내밀고
앉아

하늘에는 해님과 달님,
내 입천장에는 회님과 밥님,

엄마인 내 입안에는 누렇게 뜬 거미줄님!

봄밤

겨울밤 여름밤
그 어떤 밤도 미워한 적이 없지만
용서할 수 없는 단 하나의 밤,

봄을 지우는
밤, 꽃의 칠흑
진작에 없애 버렸어야 했을!

60초의 전생

닫은 문을 도로 열고 우산을 가지러 들어가기 전
문밖을 나섰던 맨 처음의 나

1분 후의 내가 1분 전의 나를 지우고
1분 후의 내가 1분 전의 나를 거푸 밀고 지나가는 문간
의 착시

내 손에 들린 우산 하나가
1분 전의 나와 후의 나를 갈라놓는 장면

빗방울이 60, 120, 180초속의 비가 되지는 않더라도
우산을 초당 360도 펴게 되지는 않더라도
손에 달린 우산 자루만큼 양감이 더해진 나

여닫은 쿵쾅거림 60초와
오르내린 3층 계단의 신발 자국 60초와
함께한 손발의 노고 60초를
겹겹이 껴입은 나

60초의 문간과

60만 초의 우산과

억겁의 계단을 껴입고

수억 겁의 손발을 휘휘거리며

지금도 멀리 가고 있는 중인

글자 선인장

눈두덩을 태우는 눈물을 말려 주었다
자국을 남기는 상처를 만져 주었다
짠짓내 나는 푸념을 들어 주었다
찝찔하게 씹히는 증오의 말을 걸러 주었다
살의의 독을 빨아먹어 주었다
글자들이 들들들 내 영양분을 갈아 마셨다

글자들이 씌어질 때마다
나는 묽어져 갔다
내가 쓴 글자조차 나를 알아보지 못한다

글자는 내 영혼을 낱낱이 회양목에 새겼다
진흙으로 찍어 찌끄러기를 거둬 간다면서
그 찌끄러기 속에 채 깨어나지 못하고 있던 영혼의 유충
까지도

글자는 말할 것이다,
진흙의 거머쥐는 힘이 셌노라고

나는 글자에게 물을 것인가,
곪지 않게 나를 씻어 준 것인지
내가 푸실푸실 글자를 흘린 것인지
글자가 세상을 균으로 덮은 것인지
그 글자를 내가 사주한 것인지

씌어진 글자들의 양만큼
대기는 푹하게 붐비고
나는 휑하다는 것,
이 구멍이 태초일 수도 폐허일 수도 있다는 것

종다리와 사다리

하늘에서는 새들이
금간 땅과 금 없는 하늘을 잇지 못해 종달종달
새벽을 뜀틀로 솟구쳐 오르는 종다리가 되어 울고

땅에서는 사람들이
오른쪽 사람과 왼쪽 사람을 잇지 못해 사달사달
밤마다 접힌 사다리가 되어 우네

펜의 이중생활

거짓말은 하지 말자고 했다
밖을 나서면 사소한 거짓들이 있었으나
종이한테만은 거짓을 말하지 않기로 했다

종이에게서 멀어지면 나는 입을 다물거나 종이 몰래 웃
었다
웃는 얼굴로만 바깥세상으로 나갈 수 있었다
매끈한 플라스틱 내 몸체는 늘 별일이 없었다

하지만 볼펜 똥을 참지 못하는 펜 심이
종이를 짓찧는 밤들이 계속되었다

세상은 플라스틱 나를 환대하고
종이에게 나는 볼펜 똥만 덕지덕지 묻히고 마는 넌더리
일 뿐이었다

매미의 詩

나도 너처럼 내 날개를 갉아먹고 산다
내 날개가 퉁퉁한 북이고 내 날개가 찌릿한 악기이고
내 날개가 뼈저린 병이고 내 날개가 맥없는 약이다
갉아먹으면서도 네가 간절한 날개를 비벼 멀리
던지는 물수제비는 여름의 등골을 뜯으며 운다
갉아먹히면서도 내가 깨무는 비명은 웃음도 울음도
아닌 입꼬리 같은 시를 지어낸다

네 울음이 고되냐 내 입꼬리가 무거우냐
저울질해 보다가
너는 여름을 끝 간 데까지 울리고서 가 버리고
혼자 슬그머니 말아올렸다 내렸다 하고 마는 내 입꼬리

나의 시어사전

　시와 아름다움이 서로의 다른 페이지이기를 바라며

　시, 라고 쓰고 나중까지 아름답다, 부르고 싶어하는 마음도

　불가능으로 수런거리는 내 꿈과 다르지 않지만

　아름다움, 이라고 쓰면 *아픔, 아쉬움, 아련, 아집, 아침, 아성*……으로 바뀌는 것은

　내 사전만이 가진 오류인 것일까

　세상이 내민 무거운 문제지에 길지 않은 시로 답하려다

　종이에 닿는 펜 끝이 아파지고

　오늘 또 탄내를 피우며 꺼져가는 46억…… 번째 희망들이, 숨결들이

　펜 끝에 종이 닳듯 지구에 뚫어 놓은 구멍들을 닿지 않을 손으로 더듬거리다

　그 아득함을 기우는 아플리케의 시를 뒤적거려 보는 것은

　사전에도 없는

　아름다움의 낭비일까

　등재되지 않은 말집 속을 기웃거리던 음지 담쟁이의 습성이

　시를 볕바른 아름다움의 외곽으로, 외곽으로만 끌리게 하는 탓일까

지구의 뚜껑

내가 이 저녁 아차 하며 냄비 뚜껑을 망가뜨렸듯
나의 선조의 선조의 선조의 아득한 선조의 주부들도 대
대로
어느 어수선한 저녁을 아차하며 우그러뜨려 온 탓에
지구에는 변변한 뚜껑이 없나 뚜껑이 없어
해와 달과 별이 훤히 내다보이나 아니
해와 달과 별이 지구를 들락날락하는가

사람은 아차하고 뚜껑이 열리면 안 되나
우심실좌심방 혈관관절
위장대장십이지장 머리허리다리
하나가 고장 나도, 괜찮아, 또 열릴락 닫히는
많고 많은 뚜껑들

찌개 냄비도 끓어오르면 뚜껑을 열어야 하고
밥솥도 익으면 뚜껑을 열어야 하고
사랑도 익으면 문을 열어야 하고
열어야 넘치거나 썩지 않고 우주로 통하느니

태곳적 누군가의 조바심 많은 손이 일찌감치 열어 두어서
해김치와 별두부 달감자가 둥둥 떠다니는 지구 냄비

뚜껑이 없어 영영 닫힐 리 없는 줄 아느니
찰기 없는 발바닥을 더욱 끈적하게 붙이고 저마다
지구의 직립한 뚜껑이기를 자처하는 사람들로
밤낮 복닥거리지만 지구는 냄비 속 곧잘
시래기 타래가 흘러넘쳐 후끈 발을 데이는 행성

걸러진 사과, 걸러진 지구

사과 여섯 개짜리를 달라 하니
그 사과는 한 번 걸러진 품종이라며
다섯 개 한 바구니를 사 가라 한다
한 번 걸러진 한 바구니까지 해서
사과 두 바구니가 제법 무겁다

무겁다 느끼다가
걸러진 사과까지 넉넉히 사 들고 올 수 있는 내 두 팔은
굶어 죽어 가고 있는 아프리카의 소년과
포탄에 한쪽 눈을 잃은 아기와
마지막 방값을 남기고 사과가 아니라 연탄가스를 마신
세 모녀보다
얼마나 튼튼한가 하며
그 무거움을 지운다

내 손에 들린 것은 피가 도는 붉은 사과가,
그저 붉고 둥근 사과가 아니다
한 번 걸러진 흠집 난 지구와
걸러지기 전의 붉고 건강한 지구다

이 지구를 지고 내가 어기적어기적 걷고 있는 이 순간에도
지구는 두 번, 세 번, 계속 걸러지고 있다
발밑에서는 지진이 울고 머리 위로는 폭설이 내리고
눈앞에서는 불에 타고 등뒤로는 쓰나미가 덮쳐 온다
누군가 자꾸 지구를 걸러내고 있다

내 손에는 덜 붉고 덜 둥글어서 한 번 걸러진 사과와
한 번도 걸러진 적 없는 붉고 탐스러운 사과가 들려 있다
이 두 바구니의 사과를 더 이상 거르지 않고
고이 들고 가야 할 오르막이 막 내 앞에 놓여 있다

나는 직립한다

직립한다는 것은 얼마나 놀라운 일이던가
오스트랄로피테쿠스도 직립했기에 최초의 인류가 되었고
아기도 누운 채 태어나서 1년이 되기까지는
그저 눕거나 기는 신세를 면치 못했다
등 대고 있던 바닥을 딛고 일어설 때, 일어서려 할 때
비로소 아기는 제 안에서 움틀거리는 인간을 느끼리라

잠자리에서 깨어나 사지가 늘어진 몸을 일으키는 것은
얼마나 고된 일인가
일어서야 할 이유를 찾지 못해 영영 누워 있기를 택하
는 이들도 종종 보아 왔다
일어선다는 것은 발로 페달을 누르면서 머리로 공기를
우러르는 막심 므라비차의 피아노를 계속 울리게 하고,
몸을 움직여 세상을 움직이게 하겠다는 것

직립한다는 것은 아찔하게 가지런해서 나는 어지럼증,
높이 솟은 산과 바위에 올라 무릎을 펴면 가라앉는 배
와 추락하는 삶이 단번에 내려다보여
서 있는 자의 다리가 아마득히 떨리며 휘청였을 것

고로, 직립한다는 것은 무너져 내려앉기 직전의 팽팽함

나는 직립한다
소파에 푹 파묻히거나 침대에 눌어붙으려는 눅눅한 가
지나물 닮은 몸을 얼러가며
되돌이킨 기적처럼 오래된 습관처럼
나는 태양 아래 빛나는 지구 위를 직립한다
아, 디딜 때마다 크누트 함순의 굶주린 북해 사내마냥
악문 잇새로 비릿한 신음 소리가 새 나오는 두 다리로

비가의 정치

김영임(문학평론가)

시성이 몸과 살의 체험이나 지각에 연원을 둔 것이라고 할 때, 시성을 획득하거나 혹은 내재하고 있는 시 역시 거기에서 자유로울 수 없다. 더욱이 시를 쓰는 시인이란 몸과 살의 체험과 지각이 영혼 깊이 각인된 존재들 아닌가.

— 이선영, 『시 쓰기의 분뇨학』에서

삶으로 시를 벼리다

무라카미 하루키는 에세이집 『직업으로서의 소설가』에서 오랜 세월 소설을 쓸 수 있는 작가의 자질에 대해 언급한 적이 있다. 누구나 뛰어난 소설 한 편을 써내는 일은 그리 어렵지 않지만 오랜 시간 지속적으로 작품을 쓰는 일은 특정한 자질이 필요한데, 그것은 '명석함'이나 '재능'과는 다르다고 말한다. 처음의 작업이 마치 '날카로운 면도날'로 가능한 것이었다면, 이후의 작업은 '잘 갈린 손도끼', 그리고 '잘 갈린 도끼'가 필요하다는 것이 그의 비유다.* 소설을 쓰는 것과 시를 쓰는 것은 분명 다른 작업이지만, 오랜 세월 글을 써낸다는 것은 궁극적으로 통하는 것이 아닐까. 아마도 면도날에서 손도끼로, 그리고 도끼로 전환하는 과정은 시간의 흐름에 따라 자동적으로 성취된다기보다는 그것을 가능하게 만들고 감당해 낼 수 있는 작가의 힘을 필요로 할 것이다. 하루키는 자신의 개인적 경험들을 풀어놓으면서 그 '자질'에 대한 단서들을 언급하고 있지만, 제일 먼저 "쓰고 싶다, 쓰지 않고는 못 견디겠다."라는 마음에 대해 이야기한다.

1990년 《현대시학》을 통해 등단한 이후 여섯 권의 시집을 낸 이선영 시인이 8년 만에 새 시집을 냈다. 30여 년 가까운 세월 동안 시를 쓸 수 있었던 시인의 힘은 하루키의 '쓰지 않고는 못 견디는 마음'처럼 쓸 수밖에 없는 운명의 예감에서 나왔나 보다. "지금껏 써 왔던 것처럼/ 지금도 쓰고 있고/ 앞으로도 계속 쓸 뿐이라는 것밖에/ (……)어쩌

---

* 무라카미 하루키, 양윤옥 옮김, 『직업으로서의 소설가』(현대문학, 2016), 26~29쪽.

다 숨 쉬게 된 바람에, 나는 쓴다/ 숨 쉴 적마다 간지러운 바람들이 들락거려서, 나는 쓴다/ 숨 쉴 적마다 우려져 나오는 뼛국물들이 있어서, 나는 쓴다"(「나는 쓴다, 싼다」)에서 알 수 있듯이 시인의 시는 하루키의 '쓰고 싶다'를 넘어서서 "오로지 그렇게 쓰고 쓰고 또 쓰며 살아야 싸다는 듯이" '쏢'과 '삶'을 동의어로 만들었다.

이전 시집에서 "내 시가 아름답지 못해서/ 새끼 고양이가 거리 한복판에 버려졌다/ 내 시가 힘주어 말하지 못해서/ 한 소녀가 거리에서 싸늘하게 발견되었다"(「21세기 시론」, 『포도알이 남기는 미래』)는 통렬한 반성을 자신의 시론(詩論)으로 삼은 시인은 삶과 시가 분리되는 것을 경계한다. 이선영의 시는 "내 시의 팔레트에/ 내 삶을 덩어리째 던져 넣"고 "이 비곗덩어리 육질의 삶을 덥석 들이밀었던 것"에서 나온 것들이다. "이미지놀이 그림자놀이 불가!"인 시인은 "자, 그러니 내 이미지는 내 살을 얇게 회 떠서 한 점씩 날리시압!"(「이미지들, 내 입으론 안 불어지는」)이라는 문장 안에서 이미지의 재료마저 자신의 '살'임을 선언한다. "시란 시인 내면의 물질성 혹은 육체성의 발현"*이라는 시인의 말처럼 이선영 시인의 삶은 시로 '발현' 또는 '배설'되고 그 배설은 몸의 생리가 그러하듯 시인을 살게 하였다. 그렇다면 이선영 시인의 '면도날'을 '잘 갈린 도끼'로 전환시킨 것

* 이선영, 『시 쓰기의 분뇨학』(푸른사상 2012), 30쪽.

은 다름 아닌 시인의 몸과 살의 체험이 만들어 낸 삶의 단
면들이 아닐까.

존재에 오답은 없다

이선영은 이번 시집에 많은 '비가(悲歌)'들을 실었다. 비
가란 무엇일까. 단순히 슬픈 노래인 것일까. 영국의 시인이
자 평론가인 새뮤엘 테일러 콜리지(Samuel Taylor Coleridge)
의 메모*에서 비가(elegy)에 관한 몇몇 문장들을 읽어보자.
비가는 모든 대상을 다룰 수 있지만, 대상 자체보다는 언
제나 시인 자신의 마음을 반영한다. 비가는 과거에 대한
후회나 미래를 향한 염원을 담고 있고, 슬픔과 사랑이 주
된 주제다. 비가에서 대상은 상실되거나 사라지거나 부재
하거나 혹은 미래에 존재한다. 그래서 비가는 실제로 존재
하고 눈에 보이는 대상들을 표현하는 송가(ode)와는 다르
다. 이상의 콜리지의 문장 안에서 비가를 거칠게 요약해
보자면 비가는 대상의 상실이나 부재 혹은 불완전한 존재
방식을 드러내면서 반대로 강하게 그 존재를 직시하고, 그
안에 대상을 향한 시인의 슬픔과 사랑을 드러내는 형식이

* Samuel Taylor Coleridge, *Specimens of the Table Talk of the late Samuel Taylor Coleridge*, Harper & Brothers, 1835, p.137.

아닐까.

정해진 답은 묻는 자만의 바람이며
하나의 답이란 편의를 위한 것일 뿐

(……)

지금 변변히 울리지 못한다고 해서
울렸던 그의 지난날조차 잊혀져야 한다는 말이 답이 될 수
는 없다
모든 피아노가 갈채의 무대를 꿈꾸는 것만은 아니듯이
제 소리만큼의 울림과 결절을 껴안으며 피아노가 된다
저 검다란 피아노가 먼지를 벗 삼아 내려앉은 자리는
그가 찾았거나 아직 찾고 있는 중인
온갖 답들을 향한 질문으로 뜨거울 게다
　　　　　　　　　　　　　　　　　　—「피아노 비가」에서

　'피아노'의 존재 이유를 묻는 자가 예상하는 "정해진 답"
은 "갈채의 무대"일 것이다. 시에 나타난 "검은 피아노"는
그 무대와는 거리가 멀다. "그저 소리의 여운을 간직한/ 칠
흑의 순수로 눈앞을 채"우고 있다. "정해진 답"을 "묻는 자"
에게는 이런 "피아노의 긴 묵묵부답"은 "오답"이며 그런 피
아노가 "여전히 피아노라 불리는 것"도 "오답"일 것이다. 하

지만 "지금 변변히 울리지 못한다고 해서/ 울렸던 그의 지난날조차 잊혀져야 한다는 말이/ 답이 될 수는 없다". "울려야 할 미래가 남아 있는 것이라면/ 피아노의 긴 묵묵부답도 오답은 아닐 것이다". "그"는 여전히 "제 속에서 끊임없이 반추되는 울림들을" "듣고 있지 않을텐가". "먼지를 벗삼아 내려앉은 자리"에서 그는 "찾았거나 아직 찾고 있는 중인/ 온갖 답들을 향한 질문들로 뜨거울 게다". 우리가 기대하지 않은 방식으로 현전(現前)하고 있어도 대상은 여전히 같은 자리에서 존재하고 있으며 그 존재에는 의미가 있다.

"감이 열리는 나무임을 알려 주던 감이 떨어지기 무섭게" "단단한 가지의 밀도 속으로 감겨 들어"(「감나무 비가」)가는 감나무처럼 존재는 생성과 동시에 소멸의 잠재태를 품는다. '감'이라는 생명의 결실은 자신의 나타남과 사라짐을 통해 감나무의 존재를 증명한다. 생성은 소멸을, 소멸은 생성을 각각 환기시켜 주는 짝패이다. "감을 따자마자 감나무는 황급히 감나무이기를 멈춘"다고 하지만 "저 나무가 감나무였"음을 알게 해 주는 '감'이 떨어졌더라도, 피아노가 "갈채의 무대를 꿈꾸"지 않더라도 '감'과 '피아노'의 존재는 변하지 않는다.

「남현동 비가」 역시 우리 주변에 공존하고 있는 많은 존재들이 "비릿"하거나 "반쯤이 부서져 나"간, 조금씩 모자란 모습으로 현전하고 있지만, 그 안에서도 "날 밝으면 제자리에 있는 평화"가 함께하고 있음을 보여 준다. 그리고 "오늘도 배달 201동 902호"의 주어인 "나"와 "세상을 배달받으며 201동 902호에 갇혀 있거나 숨어 있는 사람"인 "나"라는 주어가 결국 다르지 않다는 것은 우리 역시 언제든 부서진 세상의 일부가 될 수 있음을 나타내고 있다.

시인은 사물에 관한 비가들에서 대상이 상실, 부재와 같은 불완전한 방식으로 현전한다고 하여 그것을 실패로 간주하거나 더 나아가 존재에 대한 부정으로 이해하는 것은 오답이 될 수 있음을 보여 준다. 또한 그 불완전한 존재태는 언제든지 우리의 것이 될 수 있다는 인식을 확장해 현실에서 부재하게 된 존재들을 위로하고 시인의 슬픔을 언어로 옮겨 낸, 문자 그대로의 悲歌들을 생산했다.

공동체를 위한 연민의 비가

마사 누스바움은 대상 또는 "타자와 관련해 (불행에 대해) '나'도 취약하다는 사실에 대한 인지"는 연민을 느끼기 위한 중요하고 필수불가결한 인식론적 요구사항이라고 말한다.* 이 부분에 관해서 누스바움이 인용한 루소의 글을

* 마사 누스바움, 조형준 옮김, 『감정의 격동: 2권 연민』(새물결, 2015), 584쪽.

읽어 보자.

어느 누구도 내일은 오늘 자기가 도와주는 사람같이 되지는 않으리라는 보장이 없다. (……) 그처럼 불행한 사람들의 운명이 자기 것이 될 수도 있다는 것, 또 그들의 모든 재앙이 다 자기 발밑에 있다는 것, 예측할 수 없고 피할 길도 없는 수많은 사건이 당장이라도 그를 그것에 묻히게 할 수도 있음을 그에게 잘 이해시켜라.

다른 사람에게 연민을 느끼는 사람은 "특정한 세계상을, 소중한 것을 항상 안전하게 자기 맘대로 좌우할 수는 없으며 그것은 이런저런 식으로 운에 의해 훼손될 수 있다는 생각"*을 받아들일 수 있는 자다. '운에 의해 훼손될 수 있다'는 것은 불행과 고통이 어떤 인과성에 의한 당연한 결과가 아닐뿐더러 그 불운이 우리 모두에게 동일하게 적용될 수도 있음을 의미한다. 이 사실을 모르는 사람은 결코 타자에 대한 동정과 연민을 가지기 힘들다. 동일한 가능성과 취약성의 공유 없이도 순수하게 타자에 대한 연민을 가질 수 있는 존재는 '신'이 아니고서는 불가능하다. 불행한 것은 많은 인간들이 "그런 줄 모른다는"(「그런 줄 모른다는」) 것이다.

* 마사 누스바움, 앞의 책, 578쪽.

어리고 가련한 한 아이가
내내 맞아 죽어서라기보다

그 아이를 하루하루 죽어 가게 한 것이
그 아이를 하루하루 자라게 해야 할 어른이어서라기보다

(……)

죽이기 전에 먼저 죽고
죽이면서 더 빨리 죽어 가는 줄,

모른다는 그 사실이

인간은 스스로 자기 시체를 바라보고 치울 줄,
나도 그런 시체가 되어 가고 있는 줄,

모른다는 그 사실이 더 무서워서

—「그런 줄 모른다는」에서

아이의 죽음만으로도 우리는 고통스럽다. 그런데 '고통'
의 층위는 단일하게 구성되지 않는다. "내내 맞아 죽어"가
는 아이를 불쌍히 여기는 단순한 동정(그것 역시 의미가 있

겠지만)은 누스바움의 지적처럼 고통을 겪는 사람에 대해 동정의 주체가 우월한 듯한 뉘앙스를 가지게 된다. 동정은 그 고통의 가능성 안에 '나'를 포함시키고 있지 않다. "그 아이를 (……) 자라나게 해야 할 어른"이 "그 아이를 (……) 죽어 가게 한 것"에 대한 분노 역시 그 '어른'과 '나'가 다르다는 선 긋기가 선행되는 감정이다. 이선영은 희생되는 대상의 고통 안에서 살인의 주체 역시 시체가 되어 간다는 사실을 "모른다는 그 사실", 즉 동일한 고통이 언제든지 우리의 것이 될 수 있다는 것에 대한 불감증이 더 무섭다는 것을 보여 준다. 이선영의 비가들은 고통의 울타리 바깥에서 있는 동정이나 분노에 기대지 않으며, 타자의 고통이 언제든지 우리의 것이 될 수 있다는 인식론적 통찰에 기초한 연민을 담아내고 있다.

이상하다 내가 몰래 파묻은 것만 같다
간밤에 땅이 움푹 파이고
구덩이에 한무더기 파묻었던 것 같다
그리고 감쪽같이 흙을 덮어 버린 것 같다

(……)

피던 때처럼 눈부시게 봄꽃이 떨어져 내려도 슬프지 않으리
다시 돌아오는 것들은 끝내 슬프지 않으리

살아서 먹고 입는 나는 잉여이고 갚지 않은 빚이 아니랴

(……)

반쪽이 덜어져 나갔는데도 나머지는 살아 있으려고 안간힘
쓰는
이상한 물고기를 보고 있다
죽을 때까지 파르르 떨며 살아 있어야 하는 물고기를 보고
있다

(……)

내 속에 배 한 척 가라앉았습니다
살아 있는 이들에게 세상에서 가장 아름다운 사랑의 말,
그리움의 말을 남긴
배 한 척이 침몰했습니다
그 이후로 나는 이렇게 내가 무겁습니다
(……)
떠나보내고 싶은 마음으로 다시 꼭 움켜쥐어 봅니다
그 어린것들의 숨결을 간절히 품어 안아 봅니다
　　　　　　　　　　　　　　　—「4월 비가」에서

1연의 "젖어서 입과 눈과 숨구멍이 열리지 않는 우리 아

이들도/ 물 밖으로 꺼내 따스한 햇빛에 말리면/ 다시 보들거리지 않을까"라는 화자의 불가능한 바람은 2연에서 화자의 상상 속에 '땅에 파묻는 행위'로 바뀐다. '묻는 행위'는 아이들을 봄꽃으로, "다시 돌아오는 것들"로 만나기 위함이지만, 남은 '나'는 여전히 "잉여이고 갚지 않은 빚"이며 "아이들 꺾인 숨꽃은 다시 피지 않"는 것이 현실이다. 4연의 화자의 시선은 몸의 반쪽을 잃고도 살아 있으려 애쓰는 '아이들이 남기고 간 자들'에 머문다. 그리고 시인은 '배'를 마음에 들였다. "언제까지고 내가 살아 일렁일 때마다 함께 출렁일/ 부표가 가슴에 꽂"힌 바다가 된 화자는 "묻어" 두기 위해서가 아니라 "떠나보내고 싶은 마음"으로 "내 속에 배 한 척 가라앉"혔다. 이선영 시인은 2014년 4월의 슬픔을 그들만의 것으로 두지 않고 자신의 몸으로 들였다. 사랑하는 이를 잃은 자의 고통은 시인의 비가 안에서 시인의 것이 되고 또 우리의 것이 되면서, 슬픔은 동정과 분노를 넘어서서 모두의 연민으로 확장된다.

시인은 지난 몇 년 동안 우리 사회에서 발생했으며 지금도 여전히 진행 중인 가슴 아린 일들을 여러 시 안에서 풀어냈다.

　　이른 아침에 잠에서 깨어나며 안다
　　망가진 열아홉 정비사의 가방에 들어 있던 컵라면과 나무
　젓가락이

열아홉짜리 애물단지 매단 내 늘어진 가방 속 커피믹스 한
봉보다
얼마나 무겁고도 든든했을는지

(……)
그 꿈은 새벽 공기를 타고 오를 듯 가벼웠으나 꿈을 위해
일어서야 할 몸은
꿈조차 휘발된 지 오래인 내 몸만큼이나 얼마나 푸석푸석
했을는지

밤에는 물에 불린 미역 줄기처럼 슬픔을 요에 휘휘 감아
문대지만
아침에는 잠 구름을 찢으며 들어온 햇살 창끝이 요에 뭉갠
슬픔을 버석거리게 한다
— 「열아홉이 깨운다」에서

시인의 비가에 더할 말이 있을까. 한 자 한 자 읽어 내리
면서 우리가 불행하게 잃었던 "열아홉 정비사", "열아홉 제
빵 근로자", 그리고 또 다른 열아홉 청년들을 시 안에서 나
직이 불러내는 수밖에. 그리고 시를 통해 "새벽 공기를 타
고 오를 듯 가벼웠"을 그들의 꿈을 기억하자. "꿈을 위해 일
어서야 할" 열아홉의 몸이 "꿈조차 휘발된 지 오래인 내 몸
만큼이나 얼마나 푸석푸석"하고 "컵라면과 나무젓가락"이

들어 있던 가방이 "얼마나 무겁고 든든했을는지"도 기억하자. 그리고 여전히 "세상이라는 거대 설비공장에서 열아홉은/ 틈새를 끼워 맞춰야 하는 나사못"(「열아홉이 깨운다」)이 되고 있음을 기억하고 그들이 "어느 틈에 낑낑 끼이거나 어느 틈으로 가물가물 굴러가 버리"지 않게 지켜야 한다.

누스바움은 연민을 가능하게 하는 인지적 요소에 다음의 내용을 덧붙인다. 연민은 다른 사람의 고통이 '자신이 세우고 있는 목표와 기획의 중요한 부분'으로 간주되어야 한다는 것이다. 이것은 자신과 가까운 사람이 아닌 낯선 사람들의 고통에도 연민의 감정을 가질 수 있는 가능성, 즉 연민의 윤리와 정치적 가능성을 설명하려는 입장이다. "이 사람 혹은 생명체는 내가 세우고 있는 목표와 기획의 중요한 요소, 목적으로 그에게 좋을 일을 촉진해야 한다"는 생각을 누스바움은 '행복주의적 판단'이라고 지칭하는데, 이 행복주의적 판단이 이루어져야 타자의 고통은 연민의 형태로 우리의 관심권 안에 들어올 수 있다. 그렇다면 시인이 비가를 통해 '목표'하고 '기획'하는 행복한 세상은 타자의 고통을 결코 외면하지 않는 연민의 공동체라고 말할 수는 없을까.

시 쓰는 여자

이선영 시인은 "시를 쓰기 전에/ 아이를 키워야 하는 여자"(「시 쓰는 여자」)이다. 아이를 낳고 키우는 '여자'인 시인은 '딸'을 가진 어머니이며, '어머니'를 가진 딸이다. 오랜 세월 시인의 시 안에서 "내가 새로 받은 나의 몸"(「손톱이 닮았다」, 『일찍 늙으매 꽃꿈』) "세상에 나와 내가 제대로 빚어 낸 것은 나도 아니고 시도 아닌, 네 엉덩이"(「엉덩이를 만지다」, 『포도알이 남기는 미래』)로 등장했던 딸은 이제 "내 가지에서/ 네가 피운 꽃떨기는/ 묘하게 어울리지 않으면서/ 묘하게 어우러져 있"(「딸」)는 몸으로 성장했다. 딸은 "내가 쓰는/ 한 발짝 삐딱한 詩// 내가 쓰는/ 법도 없고 철도 없는 고집불통 詩"(「딸, 스무 살」) 같은 인격으로 성장했다. 반면 "간혹 단감을 먹고 싶다고 하신"(「단감」, 『글자 속에 나를 구겨넣는다』) 어머니는 이제 "겨울도 지쳐 가는 나물 밥상에서 마른 가지처럼" 숟가락을 떨어뜨리고 "허리를 굽혀 주워든 숟가락을 밥그릇에 얹어 드"리고 나니 "다른 하나의 숟가락을 유유히 떨어뜨리는" "80여 년째 밥상 목마를 타고 있는 엄마"가 되었다. "엄마가 발이 닳도록 쫓아온 망둥이 딸"(「수저와 어머니 2」)이 이제는 "글씨는 내 글씨로되/ 오려 두기하거나 잘라 내거나 붙이기할 수 없는 詩"(「딸, 스무 살」) 같은 딸을 둔 엄마가 된 것이다.

이선영 시인의 비가가 공허하게 들리지 않는 것은 시인

의 이런 얼굴 때문이지 않을까. 가족주의를 이야기하는 것이냐고 질문하지 말자. "내 시의 팔레트에/ 내 삶을 덩어리째 던져 넣"었다고 시인이 말하지 않았나. 시의 칼날을 자신의 삶으로 벼려 온 시인 앞에서 '시란 무엇인가'라는 이론적 분석은 '시를 왜 읽는가'에 대한 가장 형편없는 답이 될 수 있다. 나는 앞으로도 이선영의 시 안에서 그녀의 삶의 흔적들을 읽어 내는 것을 기다릴 것이다. 그리고 그 개인의 삶과 시인이 꿈꾸는 세상이 어떻게 교직될지 궁금하다. "세상이 내민 무거운 문제지에 길지 않은 시로 답하려다/ 종이에 닿는 펜 끝이 아파지"더라도 "지구에 뚫어 놓은 구멍들을 닿지 않을 손으로 더듬거리다/ 그 아득함을 기우는 아플리케의 시"(「나의 시어사전」)를 믿고 기다릴 뿐이다.

지은이　　　이선영

1964년 서울 출생. 1990년 《현대시학》을 통해 등단. 시집 『오, 가엾은 비눗갑들』, 『글자 속에 나를 구겨넣는다』, 『평범에 바치다』, 『일찍 늙으매 꽃꿈』, 『포도알이 남기는 미래』, 『하우부리 쇠똥구리』, 시론집 『시쓰기의 분뇨학』과 엮은 책으로 『박용래 시선』이 있다.

60조각의 비가

1판 1쇄 찍음　2019년 2월 22일
1판 1쇄 펴냄　2019년 2월 28일

지은이　이선영
발행인　박근섭, 박상준
펴낸곳　㈜민음사

출판등록　1966. 5.19. (제16-490호)
서울특별시 강남구 도산대로1길 62(신사동)
강남출판문화센터 5층 (06027)
대표전화 515-2000 / 팩시밀리 515-2007
www.minumsa.com

ⓒ 이선영, 2019. Printed in Seoul, Korea

ISBN 978-89-374-0873-1 04810
　　　978-89-374-0802-1 (세트)

민음의 시
목록